AF240129

AGREABLE

ET

VERITABLE RECIT

DE CE QVI S'EST PASSE',

DEVANT ET DEPVIS L'ENLEVEMENT
DV ROY, HORS LA VILLE DE PARIS,
par le Conseil de Iule Mazarin.

EN VERS BVRLESQVES.

A PARIS

Chez IACQVES GVILLERY, ruë des Sept-Voyes,
deuant le College de Fortet, proche Mont-Aigu.

M. DC. XLIX.

AVEC PERMISSION.

AGREABLE ET VERITABLE

Recit, de ce qui s'est passé deuant & depuis l'enleuement du Roy, hors la ville de Paris, par le Conseil de Iule Mazarin.

E chante d'vn vers satyrique
Les hauts faicts d'vn pique bourrique,
Qui dans la France a tant piqué
Qu'enfin de luy l'on s'est mocqué,
Que pour estre venu de Rome,
N'en est gueres plus honneste homme,
Mais qui ne vaudra iamais rien,
Parce qu'il est Sicilien.
Muse dicte-moy ses prouësses,
Ses artifices, ses finesses,
Ses trahisons, ses laschetés,
Ses larrecins, ses cruautés,
Et ses maudites tromperies,
Aussi bien que ses piperies.
Enfin comment & par quel tour,
Il s'est introduit à la Cour.
Depuis que l'iniuste licence,
Du faux ministre de la France,
Abandonna le paysan,
A la fureur du Partisan.
Partisan Monstre de nature,
Qui des pauures gens fait pasture
Qui ne peut qu'en confusion,
Penser à son extraction.
Partysan qui dés son ieune aage,
Laissa ses parens au village,
Et vint à Paris sans souliers,
Sur la Mule des Cordeliers,
Dans cette florissante Ville,
D'abord il mania l'estrille,

Seruant deſſous le pal-frenier,
En la maiſon d'vn Financier,
Puis apres montant d'vn eſtage,
On le mit en bon équipage.
On luy fit porter les couleurs,
De ce grand maiſtre de voleurs.
On commence de le cognoiſtre,
Approchant plus ſouuent du Maiſtre,
De la maiſtreſſe quelquesfois,
Il deuient ainſi plus courtois,
De iour en iour mieux il ſe dreſſe,
Enfin ſon maiſtre & ſa maiſtreſſe,
Le prennent en affection,
Ils trouuent qu'il eſt bon garçon.
Chacun dans la maiſon murmure,
Que l'on ayme mieux la Verdure,
Qu'on ne fait les autres valets,
A qui l'on donne des ſoufflets.
Des coups de poincts & des nazardes,
Des coups de pantouffles mignardes,
Et que ſans doute il ſera mis.
Bien-toſt au nombre des Commis.
Voila donc ce porte mandille,
Qui deuient financier habile,
Il roule auſſi-toſt les deniers,
Comme bled dedans les greniers.
Apres il ſuccede à ſon maiſtre,
Il commence à ſe meſcognoiſtre,
Car trenchant du petit Seigneur,
Il veut que l'on luy face honneur,
Et tient ſouuent meilleure table,
Qu'vn Mareſchal, ou Conneſtable,
Ayant acquis facilement,
Plus de bien qu'eux en vn moment,
C'eſt depuis ce temps que noſtrehõme
A quitté la Ville de Rome,
Et dans la France a mis le nez,
Dont il en a tant mal menez
Que l'on maudit l'heure premiere
Qu'il mit le pied ſur la frontiere,
Mais on maudit bien plus le iour,
Qu'il mit la teſte dans la Cour,

Deſlors

Deſlors on ne vit que miſere,
S'eſpandre deſſus noſtre terre,
Deſlors nous auons veu regner,
De noſtre temps l'aage de fer,
Car portant l'or en Italie,
Des metaux il laiſſe la lye:
Rauiſſant de noſtre pays,
Le vif eſclat de nos Louys.
Mais raconte moy chere Muſe,
La naiſſance de cette buze,
Raconte à ſa confuſion,
Ses parents, ſon extraction,
Si ſon Pere fut aſſez riche,
Pour laiſſer vn morceau de miche,
S'il eſtoit paſteur de trouppeaux,
S'il ne vendoit point de Naueaux,
Des Concombres ou des Citroüilles,
S'il eſtoit pecheur de Grenoüilles,
S'il n'eſtoit point bon Iardinier,
S'il ſçauoit enter vn prunier,
S'il n'eſtoit point batteur en grange,
S'il portoit la hotte en vendenge,
S'il eſtoit conducteur de porcs,
S'il n'eſtoit point vendeurs de coqs,
S'il conduiſoit au champs les vaches,
Où racommodeur de gamaches,
S'il eſtoit enleueur de fiens,
S'il n'eſtoit point chaſtreur de Chiens,
S'il mettoit pieces aux marmittes,
Aux vieux poillons & lechefrittes,
Et s'il mettoit pour dire tout,
Parfois la piece aupres du trou.
Enfin dy de quelque maniere,
Il empliſſoit ſa gibbeciere.
Vrayement on ne ſçay que trop bien,
Qu'il eſt natif Sicilien,
Mais on ne ſçay de qu'elle face,
On doit enuiſager ſa race,
Parce que fort differemment,
On marque ſon commencement,
Pour bien parler de cette affaire,
Il faudroit conſulter ſa Mere,

Encor ne le ſçayt elle pas,
Ayant pris differens eſbats,
Le bruit court qu'elle eſtoit hoſteſſe,
Qui logeoit ſouuent la ieuneſſe,
Pendant que ſon Mary marchant,
Deſſus Mer alloit trafiquant,
Qu'on n'auoit pas beaucoup de peine,
A gagner cette belle Heleine,
Et qu'vn Corſaire de renom,
Luy fit par hazard ce garçon.
On tient qu'il eſtoit d'Arabie,
Ou des confins de la Turquie,
Et que la bouraſque des flots,
L'emportant ſur les Matelots,
Apres auoir fait grand pillage,
Le ietta deſſus le riuage,
Ou noſtre Hoſteſſe de renom,
Le receut dedans ſa maiſon,
Et que pendant que la tempeſte,
Se calmoit, ils firent grand feſte.
Si ce diſcours eſtoit certain,
Il ſeroit vn fils de putain
Mais laiſſant à part ſa naiſſance
Et toute ſa mauditte engeance.
Voyons ce qu'il a fait depuis,
Et notamment dedans Paris,
Suiuons tout le cours de la vie,
De cette peſte d'Italie,
Tous les crimes qu'il a commis,
Et combien il fit d'ennemis,
Laiſſant ſes parents en Sicile,
Il ſeruit à Rome de drille,
Là ce rude & meſchant paillard,
Ioüoit à tous ieux de hazard,
Faiſant ſi bien le tour du rolle,
Qu'il attrappoit mainte piſtolle,
Preſident aux fameux brellans,
Pipant comme vn vieux charlattans.
Enfin pres de luy la ieuneſſe,
Au jeu n'auoit plus de fineſſe,
Et ne ſçauoit plus par quel bout,
Se garder de ce happe tout,

On commence de le cognoiſtre,
On s'apperçoit que c'eſt vn traiſtre,
Que pour attrapper le teſton,
Il pippe comme vn beau demon.
On quitte là ſa compagnie,
On le fuit comme vne Harpye,
On le laiſſe comme vn trompeur,
Où pluſtoſt comme vn fin voleur,
Contre luy on crie, on murmure,
Tout le monde luy chante iniure,
Mais le pis, il va ſe mocquant,
Car il a gaigné leur argent,
Enfin ayant par ſa cautelle.
Aſſez bien garny l'eſcarcelle,
Il ſonge long-temps à part ſoy,
De quel art, de quel employ
Il pourra baſtir ſa fortune,
Non pas ſur les flots de Neptune,
Car ſon Pere quoy qu'entendu,
Auoit là tout ſon bien perdu,
Et puis le traffic de ſon pere,
Ne les échauffoit encore guiere,
Pour ce qu'il ſçait bien qu'vn Marchant,
Ne gaigne iamais qu'en riſquant.
Pour luy iamais à la fortune,
Il ne commettra ſa pecune,
Il tient pour Maxime d'Eſtat,
Qu'il ne faut rien mettre au hazard,
Et que dans le temps où nous ſommes,
Riſquer eſt le fait d'vn pauure homme,
Que ſans hazarder ce qu'on tient,
On peut bien amaſſer du bien,
Qu'vn Lievre party de ſon giſte,
Difficile à ſuiure à la piſte,
Laſſe bien ſouuent les Chaſſeurs,
Les Chiens & les meilleurs piqueurs,
Et que quand il bat la Campagne,
Il gabbe le Cheual d'Eſpagne.
C'eſt pourquoy voyant ſes parents,
Auoir eſté reduis au blanc,
Par le traffic & Marchandiſe,
Il iure qu'il ſeroit d'Egliſe.

Pour couurir d'vn titre d'honneur,
Les fourbes qu'il a dans le cœur,
Apres il met son artifice,
Pour attrapper le benefice,
Pour ioüir de gros reuenus,
Sans dire vn seul mot d'Oremus,
Et de fait dedans nostre France,
Il a si bien grossi sa mance,
Aux despens des Moines Claustraux,
Dont il a rogné les morceaux,
Que quand ils se mettent à table,
Ils deuroient le donner au Diable.
Mais il est vray que le Demon,
Le tient des ja par le talon,
Car on croit que c'est par Magie,
Qu'il se gouuerne en cette vie,
Si de plus quelqu'vn veut sçauoir,
L'origine de son pouuoir,
Ce qui le mit en hautte estime,
Ce fut en commettant vn crime,
On sçait que d'vn grand Cardinal,
Par la trahison de Cazal,
Il captiua la bien-veillance,
En y mettant soldats de France,
Qu'il fut fait Conseiller d'Estat,
Qu'il paruint au Cardinalat,
Et quoy qu'il eust trompé le Pape,
Que le chappeau rouge il attrappe,
Dont l'auguste & pompeux esclat
Digne ornement d'vn bon Prelat,
Ne doit pas couurir la ceruelle,
D'vn chetif porteur de nouuelles,
D'vn Messager, d'vn Postillon,
Comme ce petit Mirmidon,
D'vn homme de fange & de boüe,
Qui merite pis que la roüe,
D'vn vray bouffon d'vn harlequin,
D'vn franc maraut & d'vn coquin,
D'vne teste folle & marrotte,
Et d'vn valet decrote botte,
Ce sont d'Illustres qualités,
Pour paroistre de tous costez.

Habile

Habile à gouuerner la France,
Par sa sagesse & sa prudence,
Et pour estre mis en vn rang,
Qui fait honte aux Princes du Sang:
Cependant c'est le personnage,
Qui trauerse aujourd'huy nostre âge,
Et qui d'vn excés de depit,
S'attaque à des gens de credit
De l'Estat veut tenir les resnes,
D'vn faux conseil preuient la Reine,
Appuyant sa desloyauté
De la Royalle authorité.
Mais quand le Parlement Auguste,
A veu qu'il enleuoit nos Iustes,
Qu'il ruinoit nostre pays
Par le transport de nos Louys,
Aussi-tost les Cours s'assemblerent,
Et de l'vnion protesterent,
Trouuant en fin par leurs trauaux,
Du soulagement à nos maux,
D'abord pour extirper l'engeance,
De la vermine de la France,
Il s'attaquent au Partisan,
Comme à l'auteur du mal present.
Et puis remontant à la source,
D'où ces ruisseaux prenoient leur source,
Ils viennent à l'Italien,
Remonstrent qu'il ne fait pas bien,
Que iustement on le soupçonne,
De n'auoir pas l'intention bonne,
Qu'il est estranger, & partant
Suspect dans le gouuernement,
Que pour vn sage Politique,
Il erre dedans sa pratique
Qu'il renuerse toutes les loix,
L'appuy des Estats & des Roys,
Qu'ils doiuent prendre connoissance
De ce qu'on fait de la finance,
Puis que tout est reduit au point
Qu'en trouuer plus on ne peut point,
Si ce n'est par les vstancilles
De ce gros voleur de familles,

Qu'il conuient faire dégorger
Pour tout le peuple soulager,
Qu'il faut changer d'autres maxim
Qu'estans les Tuteurs legitimes
De nos Roys, il faut qu'auiourd'h
De son estat ils soient l'appuy,
Que sans faire tant de leuées,
Ils entretiendront les armées
Et maintiendront en son esclat
Nostre Monarque & son Estat,
Qui sans emprunter par auance
Ne manquera point de finance,
Et qui sans admettre les prests.
Aura tousiours de l'argent frais.
L'Italien ne veut entendre,
Ce discours facile à comprendre,
Il dit que c'est vn attentat,
Que l'on commet contre l'Estat,
Il preuient l'esprit de la Reine,
Dit, que comme elle est souueraine,
Elle doit sans plus raisonner
Les plus mutins emprisonner,
Et de fait cecy se pratique,
Car dans vne joye publique,
Au beau sortir d'vn *Te Deum*,
On en met in Capharnaum.
    Mais Dieu qui voit ceste malice,
Qu'on veut abolir la Iustice
De qui le souuerain pouuoir
Retient chacun en son deuoir ,
Et dont l agreable harmonie
Fait le doux accord de la vie,
Inspire aussi tost le Bourgeois,
De joindre les Armes aux Lois,
En vn moment sans Capitaine,
Voila tout le monde en haleine,
Chacun court à son ratelier
L'vn prend vn pieu, l'autre vn leuier,
Le peuple tempeste, menace,
Il se rend maistre de la place,
Iusqu'à ce qu'il eust obtenu,
Le retour du vieillard chenu,

Qui mettant fin à ses alarmes,
Fit quitter à chacun les armes,
Cependant c'est vn coup du Ciel,
Que plus loin n'alla point le fiel,
  Comme quand la tempefte émeuë,
Porte vn vaiſſeau iuſqu'en la nuë,
Puis apres le fait abyſmer,
Iuſqu'au plus profond de la mer,
Quand les grands éclats de la foudre,
Semblent reduire tout en poudre,
Que la fureur des Aquilons,
Fait d'eau, montagnes & valons,
Que l'air obſcurcy de nuage,
Ne repreſente que l'image
De la plus miſerable mort,
Dont on puiſſe craindre l'effort :
Qu'à tous momens la mer s'entrouure
Pour nous engloutir dans le goufre,
Que nous voyons dedans les eaux,
Les vens qui creuſent nos tombeaux,
Alors ſi le pere Neptune,
Paroiſt deſſus vn char d'eſcume,
Il calme la fureur des flots,
Chaſſant les vents dans leurs cachots,
De meſme la chaude bouraſque,
De la populace fantaſque
Ne faiſoit ouyr dans Paris,
Qu'vne confuſion de cris,
Quand celuy qu'ils nomment *leur pere*,
Appaiſe auſſi toſt la colere,
Iettant d'vn regard aſſez doux,
Des eaux au feu de leur courroux.
Mais pour cela noſtre Corſaire,
Ne dépoſe pas ſa colere,
Au contraire il eſt plus faſché,
D'auoir pris pour auoir laſché.
Creuant de dépit il reſerue,
Pour le deſſert de la conſerue,
Il attend iuſqu'au iour des Roys,
A nous enleuer noſtre Roy,
Ayant enleué ſon image,
Auparauant par ſon pillage,

Peut-eſtre afin de le loger,
Comme elle au pays eſtranger.
Mais vn ſecond coup de prudence,
En vn moment arma la France,
Et tous les Parlemens vnis,
Veillent à conſeruer Louys.
Le Pariſien recourt aux armes,
Chaque Bourgeois deuient Gendarme,
Et l'on proteſte hautement,
De ſe deffendre vaillamment,
Cependant la Cour tres prudente,
Enuoye à la Reine Regente,
A ſainct Germain les Gens du Roy,
Mais le Chancelier en eſmoy,
Leur reſpond, la ville eſt bloquée,
Et ſi fortement attaquée,
Que l'on a deſia fait armer,
Pluſieurs ſoldats pour l'affamer.
Mais pourtant ville floriſſante,
Ta prudence eſt innocente,
Et l'on ne peut pas t'imputer,
D'auoir voulu rien attenter,
Mais bien de t'eſtre deffenduë
De celuy qui comme ſangſuë,
N'eſt rouge auiourd'huy que du ſang,
Du miſerable payſan,
Dont la viue couleur éclatte,
Deſſus ſes habits d'écarlate,
Et qui ſemble auoir reproché,
L'enormité de ſon peché.
   Mais inexorable à tes plaintes,
Capables de donner atteintes,
Aux courages plus endurcis,
France, il s'eſt mocqué de tes cris,
Et dedans tes douleurs preſſantes,
Etouffant ta voix languiſſante,
Il a conuerty tes ſueurs,
En parfums, en eaux de ſenteurs,
Mettant plus d'argent en fumées,
Qu'vn Roy ne depenſe en armées,
Et quand il a tout fait perir,
Il te veut contraindre à mourir.

Et

Et de la mort la plus farouche,
En t'oſtant le pain de la bouche:
Mais Dieu, du Iuſte protecteur,
Se monſtrera ton deffenſeur,
Et les Mazarines cohortes,
Ne pourront aſſieger tes portes;
Leur effort ne ſera que vain,
Pour t'oſter le pain de la main.
Le Parlement par ſa conduitte,
A mis les Partiſans en fuitte,
Et qui n'a peu ſe retirer,
N'oſe à preſent ſe declarer.
Comme l'on void dans la campagne,
Rouler du haut d'vne montagne,
Les eaux d'vn torrent furieux,
Entraiſnans & cheuaux & bœufs,
Et deſcendans dedans la plaine,
Enleuer les troupeaux à laine.
Que l'on voyoit auparauant,
Bondir ſur le pré verdoyant,
Le berger qui dedans ſa hutte,
Prés de là deſſus quelque butte,
Voir emporter tous ſes troupeaux,
Par la violence des eaux,
Et que vainement il oppoſe,
A ſa fureur aucune choſe,
Eſt contraint de ſe retirer,
Dans ſa cabane & de pleurer.
De meſme la haute prudence,
Du premier Parlement de France.
A qui plus foible qu'vn berger
Vouloit s'oppoſer l'Eſtranger,
Ayant grondé comme vn tonnerre,
Enfin a declaré la guerre,
Aux Partiſans & leur Supoſts,
Perturbateurs de nos repos:
Elle lance le coup de foudre,
Qui reduit Mazarin en poudre.
Enfin l'Arreſt du ſcelerat,
Fait dans la France vn grand éclat;
Deſlors toute choſe s'auance,
Apres on ſonge à la finance,

Qui se trouue assez promptement,
Car chacun donne gayement,
Selon sa petite portée,
Pour mettre sur pied vne armée.
Qui dans peu, sous ce grand Beaufort,
Du Parisien noble support,
Auec quantité d'autres Princes,
Et de Gouuerneurs de Prouinces,
Sort en campagne & met à bas,
Tout ce qui resiste à son bras,
Rien ne fait teste à son courage,
Aux conuois il donne passage,
Il s'expose dans le danger,
Faisant la guerre à l'Estranger,
Et quant on sçait qu'aupres de Fresne
Il combat d'vn courage extresme,
Aussi-tost le zelé Bourgeois,
Prend les armes, & le harnois,
Il se jette dans la campagne,
Mais dés qu'il fut sur la montagne,
L'Ennemy qui void ce secours.
D'vn autre costé prend son cours,
Auecques honte il se retire,
Apres auoir bien eu du pire,
Et fuyant il disoit ces mots,
Quoy sont-ce là de ces badots.
Mais pour mieux marquer leur defaite,
Leur fuitte & honteuse retraitte,
Il en passa dedans Paris,
Plusieurs blessez, qu'on auoit pris,
L'vn auoit la teste cassée,
L'autre la jambe fracassée,
L'vn sans bras, & l'autre sans nez,
Furent dedans Paris emmenez;
Et puis sur la brune serrée,
Nostre Prince fit son entrée,
Qui paroissoit comme vn Soleil,
Au milieu de cét appareil,
On entendit du haut des dosmes,
Viue le Roy, viue Vendosme,
Viue le Roy, viue Beaufort,
Il est demeuré le plus fort,

O belles trouppes Mazarines,
Vous voyla cheutes en ruynes,
La pluſpart de vos regimens,
Sont deſcendus au monumens,
Vous auez reſſenty marmailles,
Le rude choc de nos batailles,
Vous auez reſſenty les coups,
De noſtre tres iuſte courroux,
Toutes vos entrepriſes vaines,
N'ont rien rauagé que des plaines,
La fureur de vos Eſcadrons,
Ne ſçait rien rompre que des ponts,
   Si de Charenton la bourgades,
Fut ſurpriſe par eſcalade,
Vous y receuſtes plus de coups,
Vous y perdites plus que nous,
On tua de nos Capitaines,
Dont le ſang coula dans la ſeine,
Auſſi le Prince de Condé,
Vit bien qu'il auoit hazardé,
Quand vn grand Seigneur de remarque
Qui trouua la fatalle parque,
Se voyant au lit de la mort,
Se plaignit ainſi de ſon ſort,
Et luy fit la triſte peinture
De ſa miſerable aduanture.
Illuſtre Prince de Condé,
Faut-il pour t'auoir ſecondé,
Faut-il en la fleur de mon aage,
Faire vn ſi mal-heureux naufrage,
Faut-il deſcendre au monument,
Sans ſçauoir pourquoy, ny comment?
Ha! ie ne plaindrois point ma vie,
En la perdant pour ma Patrie,
Non, non, ie mourois glorieux,
Dans le Tombeau de mes ayeux,
Mais dedans ces ſottes alarmes,
Des mains meſmes de nos gens-darmes,
Mourir pour vn ie ne ſçay qui,
Ha Prince il faut finir icy!
   Auſſi-toſt deſſus ſon viſage,
La mort vint tracer ſon image,

En effaçant par sa pasleur
Ce qui luy restoit de couleur.
On dit que la douleur pressante,
De cette affliction presente,
D'vn Prince troubla le repos,
Qu'il repeta ces derniers mots,
Et qu'il ne peut dans la cholere,
Qu'il n'enuoyast Mazarin faire :
Mais Paris se maintient tousiours,
Sans emprunter d'autre secours,
Que ce qu'il a dans ses murailles,
D'hommes pour dresser ses batailles,
Et quoy qu'on veille l'assieger,
Il a tousiours dequoy gruger,
On a beau tenir quelques postes,
Il vient plus de pain dans des hottes,
Qu'il n'en venoit par l'appareil,
De ce grand batteau de Corbeil,
Et si quand il n'en viendroit mie,
Nous aurions tousiours de la mie,
Car nous auons dans nos greniers,
Dequoy passer dés ans entiers,
Dequoy Mazarin se despesse,
Car quoy que le pain de Gonesse,
Ne passant plus par sainct Denys.
Ne vienne plus guere à Paris,
De cela peu l'on se soucies,
On n'en feroit que des roties.
Qu'il vienne, ou qu'il ne vienne pas,
Pour cela nous n'en mourrons pas,
Car Dieu prend en main nostre cause,
L'homme raisonne & Dieu dispose,
Et Dieu r'enuerse en vn moment,
De l'homme le raisonnement.

F I N.